ANARQUIA EXPLICADA ÀS CRIANÇAS

José Antonio Emmanuel (1931)

Ilustrações de Fábrica de Estampas

Tradução de Livia Deorsola

LIVROS DA RAPOSA VERMELHA

Aos filhos do proletariado espanhol

"… frágeis e pequenas, as crianças são,
por isso mesmo, sagradas"

ÉLISÉE RECLUS

N. B.

Este livreto foi escrito para responder a uma pergunta que vários camaradas nos faziam: *como educar os meus filhos?* Eis uma questão pela qual já esperávamos e à qual respondemos com base no que afirmam a razão e a ciência.

Esperamos que estas modestas páginas, dedicadas aos filhos do proletariado espanhol, orientem a educação de nossa infância em um sentido verdadeiramente renovador.

Nós nos dirigimos aos pais e aos professores para que — em casa e na escola — eles propaguem as saudáveis doutrinas de uma educação da qual seja eliminado todo fanatismo e que aspire a libertar a infância da hedionda opressão que sobre ela se exerce.

Por culpa de uns e outros, a educação permaneceu estancada num marasmo de servidão, do qual deve sair redimida e revigorada.

Que estas breves páginas sirvam de estímulo para todos.

OS EDITORES
(1931)

1

O que é anarquia?

ANARQUIA, queridas crianças, é a doutrina que, inconformada com o modo como a humanidade tem se organizado desde os tempos em que começaram a criar a sociedade, busca dar à vida uma nova configuração que tenha como base os sacrossantos princípios do amor universal e da solidariedade humana.

Sua missão é acabar com a desigualdade que impera entre os seres e que os divide entre pobres e ricos, explorados e exploradores, escravos e senhores. Que a vida seja como deve ser: a livre manifestação das faculdades, a espontaneidade dos atos, a libertação final destruindo as causas que se opõem a que a sociedade se baseie na mais plena liberdade e na mais absoluta independência.

Entre as causas que a anarquia quer destruir, por considerá-las nocivas e prejudiciais ao livre desenvolvimento do indivíduo e da coletividade, posso enumerar as seguintes, para que vocês nunca esqueçam que, ao combatê-las, trabalhamos pelo bem-estar de todos:

O MILITARISMO é a força armada de que se valem os que se apoderaram da vida para impor suas injustiças e consolidar suas maldades. Essa força não retrocede nem diante do crime; arma os seres entre si, lança-os contra aqueles que, como vocês, como seus pais, seus irmãos, fizeram do trabalho uma virtude. Quando nos rebelamos contra esse modo de agir, quando nos alçamos contra a injustiça que nos é cometida, eles nos atacam. Como se não fosse o bastante querer nos destruir, eles fomentam guerras, dizimam a humanidade, e os crimes se amontoam ao longo do caminho que percorremos.

A essa força bruta a anarquia contrapõe-se com a paz. O anarquista não quer a guerra, ele se opõe à guerra, anseia pela paz, pois esse é o ponto fundamental de sua doutrina salvadora. O anarquista considera todos os seres irmãos; ele não quer fronteiras a nos separar, e sim corações a se fundir em um só amor: a emancipação total e absoluta dos seres humanos. As armas da anarquia são o livro, o trabalho, a palavra. É com elas que combate a força organizada do militarismo e é com elas que triunfará sobre os assassinos e os devoradores de homens. Com o livro, com o trabalho, com a palavra, a anarquia chama todos, fazendo-os ver que contra a força bruta se impõe a força da ideia, cujo triunfo final é inquestionável.

O CLERICALISMO é a farsa da qual se cercaram os usurpadores da vida para alegar que suas imposições, suas tiranias, suas opressões são justas e que agradam a um "deus" que eles forjaram para revestir de bondade os seus atos. Com esse "deus", dirigem-se ao coração dos *crentes* e, cingindo tal deus de um esplendor e de um luxo inusitados nos templos que ergueram em homenagem a ele, dirigem-lhe orações e preces para fazer todos acreditarem que são eles os diretores da vida, os organizadores da vida, e que a sociedade constituída cai em pecado quando não segue esse deus, os mandamentos desse deus, as ordens tirânicas desse deus. Em especial, apoderam-se de vocês, queridas crianças, para impressioná-las com os fabulosos tormentos de um inferno, e com os gozos de um céu a que vocês terão direito caso se subordinem aos que representam esse deus no mundo. Aqueles que não o seguem, os que se afastam deles com repulsa e rebeldia, são declarados "inimigos", e ante o poder do seu deus, a onipotência do seu deus, inventam o *demônio*, que com suas tentações corrompe o homem, a mulher, vocês mesmos, condenando-os a penas eternas num fogo infinito.

Para afirmar-se, para assegurar seu domínio no mundo e sobre todos os seres, o clero chama em seu auxílio o militarismo, que organiza a vida em exércitos dispostos a fazer triunfar o princípio divino. A esse poder ilimitado, a esse poder absoluto, a esse domínio amedrontador, a anarquia opõe a cultura da ciência. A ciência, que é o conhecimento organizado a respeito da vida, desvenda as leis pelas quais se regem os mundos e a sociedade; expõe que tudo o que é atribuído a deus, tudo o que seria inerente a deus, é falso e equivocado; que há apenas uma lei que põe por terra a lei divina: a lei natural do progresso humano. Em virtude desse progresso, chega-se facilmente a contemplar a vida em toda a sua pureza; que a Terra não é a morada de deus, nem o templo de deus; que o ser humano não tem origem divina, mas que surgimos no mundo em virtude de profundas e incessantes transformações evolutivas no organismo animal até chegarmos à nossa espécie; que o fim do mundo tampouco está sujeito aos destinos providenciais de deus, e sim que a ciência estabelece seu fim de um modo racional e de acordo com as leis naturais.

A anarquia destrói as religiões porque elas são absolutistas, despóticas, cruéis e sanguinárias. E a anarquia quer preservá-las, queridas crianças, das religiões, para que vocês se rebelem contra o temor de serem condenadas, contra o medo de serem castigadas e contra o prazer de serem premiadas. O castigo e o prêmio só podem existir na sociedade burguesa criada pelos religiosos e pelos militaristas. Existe apenas uma recompensa: a do dever cumprido com a vida, a de serem úteis aos semelhantes e de cooperarem na criação de uma nova sociedade na qual não há ódios, nem rancores, nem classes, nem vaidades, nem tiranias.

O CAPITALISMO tem como base uma sociedade organizada no egoísmo brutal e anti-humano. Ele exerce poder absoluto sobre a humanidade que produz e trabalha e se aproveita do esforço comum para criar riquezas e privilégios sem os quais não poderia existir. Erige todo um poder que lhe dá sustentação, funda os estados, divide os homens em nações; seus tentáculos cravam-se nas entranhas da terra para tomar o dinheiro que ele monopoliza e distribui injustamente; penetra em todos os âmbitos, desde escritórios e fábricas até o confisco integral de vidas e fazendas, dita leis e as impõe para se fortalecer e se consolidar; senhor absoluto das existências, não mede esforços para desnaturalizar o trabalho, para atribuir a si mesmo a produção, para regular a vida por meio da usurpação e da violência. Amo e senhor do organismo social, o capitalismo tem nas mãos o "clericalismo", que o ajuda a alcançar seus objetivos nefastos, e conta também com o "militarismo", que lhe oferece sustentação e apoio. Exige que sua "lei" seja acatada e obedecida por todos: para isso, conta com capangas e oficiais que a fazem cumprir. É isso que chamam de seu mandado; a isso dão o nome de *poder.*

Mas a anarquia, queridas crianças, se levanta contra esse modo de conceber a vida e se rebela contra essa maneira de organizar a existência. A anarquia aspira a suprimir todas essas causas que submetem a humanidade ao sono do ópio. Ela não deseja estados que, pelo simples fato de existir, carregam consigo desigualdades odiosas e injustiças cruéis. Ao dinheiro a anarquia contrapõe-se com a livre troca de produtos; contra o trabalho que remunera os privilegiados, apresenta o trabalho distribuído a cada qual de acordo com suas forças; em oposição ao egoísmo insano dos poderosos, que as necessidades de cada um sejam cobertas respeitando-se as necessidades de todos. À lei opressora contrapõe-se com a lei do amor. Contradiz o egoísmo com a tese de que a terra pertence a quem nela trabalha e produz.

Isso é a anarquia, amadas crianças. Isso, e muito mais que não posso lhes explicar nestas breves páginas, mas o tempo há de lhes ensinar, e a vida há de lhes revelar.

A anarquia quer que vocês investiguem a origem de todas essas desigualdades, a razão de todas essas injustiças; que vocês se preparem para compreender que a vida que vivem, reflexo da vida amarga de seus pais, não é e não pode ser assim. A vida é a beleza; a vida é a justiça; a vida é a paz e o bem-estar. A anarquia põe vocês, crianças, no caminho para alcançar e obter tudo isso; por serem os mais frágeis, os mais inocentes nesta infeliz organização, é que saberão se rebelar contra quem as oprime e aprisiona. Vocês não estão sozinhas. Há quem lute para tirá-las dessa amargura que as rodeia, dos espinheiros que ferem suas carnes, dos venenos que se infiltram em seus corações puros e sagrados.

Essas pessoas não lhes oferecerão templos, nem as obrigarão a adorar divindades, nem incutirão medo em seus espíritos, nem corromperão suas consciências, enlameando-as com a má-fé e o engano.

Ergam os olhos, olhem ao redor. É chegada, para vocês, a hora das alegrias sadias, da felicidade e da paz.

A anarquia acelera essa chegada, essa alegria, essa felicidade, essa paz que vocês ainda não têm.

2

Como chegar à anarquia ?

A anarquia, queridas crianças, facilita o seu caminho para chegar até ele. Conta com a escola, o sindicato e a associação cultural. Vamos explicar essas três forças poderosas às quais vocês sempre terão de recorrer.

A ESCOLA

Não deve ser difícil para vocês compreender que não falamos aqui da escola burguesa e reacionária que até agora vocês foram obrigadas a frequentar. Nossa escola, a escola que lhes oferecemos, não é aquela que se baseia em ensinamentos tolos e estúpidos, mas, sim, a *escola racionalista.*

É preciso que saibam que nossa escola tem um fundamento científico, que é aquele que deve orientar suas vidas. Seu professor, talvez o único a quem vocês devam agradecer pelos esforços de educá-los, definia essa escola dizendo que ela incentivava o desenvolvimento espontâneo de suas habilidades, buscando livremente a satisfação de suas necessidades físicas, intelectuais e morais.

Eu me refiro a Ferrer. Estudem a vida dele, sigam o exemplo de seu trabalho e façam dele seu apóstolo e guia. A ele se deve a escola racionalista que, para a honra da humanidade, foi criada na Espanha. Foi ele quem baniu da escola as três farsas antes propaladas: o militarismo, o clericalismo e o capitalismo. Fez penetrar a ciência no cérebro das demais crianças que por ele eram educadas e introduziu a razão em seus corações. Ele tornou sagrado o direito de todos à instrução e à educação fora do antro das velhas escolas e dos professores apergaminhados. Ele expulsou da mente dessas crianças a ideia da divindade e a substituiu pelo culto à justiça e à bondade. Ele abriu os porões das ideias para converter as mentes em um lugar agradável e aprazível. Ele viu em vocês o que a humanidade deve ver: o gérmen da nova humanidade.

Honrem Ferrer e sigam suas doutrinas redentoras. Ele era anarquista, ou seja, lutava contra as pujantes forças clericais, militaristas e capitalistas, que convertem a sociedade em um caos deplorável e degradante. Assim é que vocês devem aprender a lutar. Iniciem-se nessa doutrina salvadora e de vocês mesmos surgirá o mundo novo que estamos construindo.

Já é hora de saber que, se vocês não se redimirem, se não se libertarem na escola, será muito mais trabalhoso redimi-las e libertá-las quando forem adultas. A redenção deve começar em vocês. É por isso que a anarquia lhes oferece a escola. Que seus professores se convençam também dessa verdade colossal. Pois, de outra forma, vocês estariam abandonados a suas forças escassas e, por culpa deles, cairiam nos braços dos que escravizam a vida.

A escola deve ensiná-las a ser rebeldes, a se rebelarem contra essa sociedade corrompida e infeliz. Os inimigos de seus pais e de seus irmãos são e serão seus inimigos. A causa do seu mal-estar e de sua amargura também pesa sobre aqueles que lhes deram a vida e que convivem com vocês. Eles devem se unir a nós nesta luta santa da qual depende a completa abolição de nossa dor e de nossa infelicidade.

Não queremos vocês resignadas; deixemos a resignação para os professores burgueses e os cárceres escolares que eles dirigem.

A escola que a anarquia lhes oferece é a da liberdade. Há três livros que vão ajudar vocês a conquistá-la. Três livros que educaram três gerações. Três livros que devem permanecer na escola como guias e condutores de suas vidas: *A dor universal*, *A conquista do pão* e *História de uma montanha*. Seus autores são três luzes que ainda resplandecem: Sébastien Faure, Piotr Kropotkin e Élisée Reclus. Não se esqueçam desses nomes. Quando vocês chegarem aos doze anos, eles não podem faltar na biblioteca que vocês seguirão ampliando. Eles lhes apresentarão as causas de seus sofrimentos, a origem de sua escravidão no trabalho, os germens da vida e da existência, a história da Terra. Com eles vocês aprenderão a vencer as dificuldades que se apresentam na luta, a coragem para resistir e a esperança no futuro. Que sejam seus primeiros passos na vida: o cajado precioso para o progresso de vocês.

O SINDICATO

Uma vez finalizada a escola, a anarquia não abandonará vocês. À medida que forem crescendo, que forem avançando — já jovens —, ela as fará continuar na luta, acrescentando-lhe a sua rebeldia. Ela lhes deu uma escola para que vocês obtivessem sabedoria e conhecimento a respeito do mundo em que seus olhos se abrem; fez vocês enxergarem a desigualdade, mostrou-lhes onde se enraíza o egoísmo, onde está a maldade, onde se oculta nosso eterno inimigo. Mostrou-lhes, fez vocês enxergarem para que se preparassem para combater e derrotar tudo isso. Encerrada essa tarefa, ela abre as portas de outra organização: o sindicato. Se na infância vocês tiveram uma escola, na juventude não lhes faltaria outra: a escola do proletário.

Os inimigos que cercaram vocês na infância são os mesmos que as cercam agora. É necessário um organismo de luta, um lar onde se refugiar para recobrar a fé, para fortalecer o ideal e centuplicar as forças que vocês precisam acumular para a batalha decisiva e final. As mesmas angústias e amarguras que, na infância, as oprimiam continuam a oprimir na idade adulta. Entrem para o sindicato; refugiem-se nele. Todos unidos, todos se identificando uns com os outros, resistiremos melhor. Sejam fiéis e solidários com o companheiro, seu irmão na luta e na rebeldia.

Esta nova escola — a escola da vida —, não a abandonem. Ao lado de seus pais, sigam lutando por um mundo melhor.

A ASSOCIAÇÃO CULTURAL

Para que nessa luta titânica vocês não percam nem a fé nem o entusiasmo, a anarquia nos brinda com uma terceira escola, onde se pratica a luta pela cultura. São as associações culturais libertárias, que complementam e norteiam os sindicatos e guiam os militantes.

Não é só a luta pelo desenvolvimento material que tem de nos unir; a luta pela cultura também deve nos solidarizar. Aquela sede de conhecimento que vocês sentiam na escola encontra aqui sua continuidade — porém, ampliada, expandida, intensificada.

Como podem ver, a anarquia vela por vocês, queridíssimas crianças.

3

Como nos tornamos dignos da anarquia?

Para que vocês se identifiquem com a anarquia, para que dignifiquem a vida, devem cumprir estes princípios anarquistas.

AJUDE

1

AJUDE

Jamais entre em desacordo com os que lutam como você, com aqueles que sofrem como você. Eles são seus irmãos. Na escola, estiveram ao seu lado. Agora, estão nas mesmas oficinas, nas mesmas fábricas e minas que vocês, ainda sedentos de justiça. Onde quer que você veja um irmão seu, ajude-o. Por cima dos muros erguidos pelos privilégios, estenda a sua mão a todo aquele que é vítima da sociedade burguesa atual.

APOIE

2

APOIE

Àquele que estiver hesitante, dê alento; àquele que se desesperar por ver que a vitória está distante, ofereça ânimo. A ajuda mútua é um dever sagrado e universal.

COPIE O BELO

3

COPIE O BELO

Não imite o perecível, o efêmero. Todos os males, afugente-os e afaste-os de você: são a herança da imperfeição humana que ainda nos acorrenta. Por cima desse caos da vilania, erga os olhos para a beleza da vida.

LABORE

4

Labore

Tudo é trabalho na natureza, e a missão que você tem nas mãos é contribuir, na medida de suas forças, para a perfeição desse labor. Não se resigne a ser servo da máquina, nem escravo do músculo. Dignifique o trabalho, torne-o belo, purifique-o.

ESTUDE

5

ESTUDE

Faça do livro o seu melhor amigo, seu conselheiro, seu guia. Nunca saberemos o bastante. Quem agrega ciência, agrega anarquia. Pesquise por conta própria, esclareça os mistérios que o rodeiam. Instrua-se, eduque-se. Essa é a única herança que você deve deixar na vida.

AME E PROTEJA

6
Ame

A ciência não petrifica o coração. Um amor puro e humano se instaura dentro de nós. Por mais afastado que esteja, por mais distanciado que se encontre, cada ser é um amado nosso.

7
Proteja

Quem muito ama, muito ajuda. Proteja os mais frágeis. Nós nos insuflamos muito mais de amor pelos velhos, pelos inválidos, pelos doentes porque são frágeis. Esse pobre velho que aí está já foi forte e corajoso como você; esse doente inválido também foi como você. Pense que pode ficar como eles; pense que o trabalho burguês envelhecerá você e causará adoecimento. Proteja-os! Pense naqueles que não estão conosco: nos presos, que por lutar, por nos defender, perderam sua liberdade. Lembre-se deles!

CULTIVE

8

CULTIVE

A terra é a sua mãe; o campo é o seu sustento. Obteremos frutos da estação e ótimas colheitas se os cultivarmos. Não deixe nenhuma terra se tornar estéril. Dê à terra o cuidado que ela precisa para que ela o alimente e garanta a sua sobrevivência. No mundo ideal, semeie ideias, espalhe pensamentos, escreva e atue. No mundo real, que as sementes caiam por toda a terra, que, bem adubada e preparada, as fecundará e as transformará em flor e em fruto.

NÃO TENHA ESCRAVOS

9

Não tenha escravos

Almeje ser livre, e que sua sede de liberdade abrace todos. Não escravize ninguém. Nem pássaros, nem nenhum ser vivo podem ser encarcerados impunemente. Abra as portas de todas as jaulas, cerre as grades de todas as celas, onde — como o pássaro engaiolado — os seres humanos sofrem e padecem. Seja livre e liberte, com você, os demais. Abra as portas do seu coração para que dele saiam todos os vícios, todos os defeitos que nele conseguiram se infiltrar. Seja livre e seja puro: nem tenha escravos, nem se torne um.

TRABALHE

10

Trabalhe

Trabalhe e lute é o que lhe diz a anarquia. Antes diziam: “Trabalhe e reze”. Deixe as rezas, deixe as orações. Só há uma oração que jamais deve ser esquecida: a do trabalho. Trabalhe pelo bem da humanidade, para que cessem as dores e os sofrimentos, para que a amargura se afaste para sempre. Seja feliz em uma humanidade feliz. Seja livre em uma humanidade livre.

Isto é a anarquia, queridas crianças.
Bem-aventuradas vocês, se o compreenderem
e o praticarem!

Que se abra para vocês a visão de uma vida
nova, de purezas e bondades.

Breve nota sobre a educação anarquista no Brasil

Um dos convites que José Antonio Emmanuel nos faz neste livreto é para que conheçamos a vida e a obra do pedagogo catalão Francisco Ferrer y Guardia (1859-1909). Trata-se do fundador da Escola Moderna de Barcelona, idealizador de um ensino racionalista e um dos principais personagens da renovação pedagógica no mundo. Ferrer figura, ao lado de célebres educadores e militantes anarquistas, como Paul Robin, Clemência Jacquinet, Émilie Lamotte e Sebastién Faure, na extensa lista daqueles e daquelas que dedicaram sua vida à educação do povo, propondo, já no início do século XX, os fundamentos de um ensino livre de dogmas sociais e religiosos. Uma educação inspirada na noção de apoio mútuo, de Piotr Kropotkin, na valorização da ciência e na autogestão pedagógica, social e econômica.

O programa da Escola Moderna era indiscutivelmente ácrata — ou seja, não impunha a obediência a nenhum tipo de autoridade — e tinha uma concepção nitidamente libertária, pois, além de racionalista e científica, se posicionava como antimilitarista, antipatriótica e antiestatal. Ferrer dizia em carta à Leopoldine Bonnard, uma de suas colaboradoras:

> Hoje nos dedicamos a que as crianças reflitam sobretudo a respeito da injustiça social, as mentiras religiosas, governamentais, patrióticas, judiciárias, políticas e militares etc., a fim de preparar as mentalidades para a revolução social. Hoje, nós nos consagramos a despertar os espíritos para as ideias revolucionárias: depois, veremos.
>
> (FERRER Y GUARDIA *apud* Ramon Safón, *O racionalismo combatente: Francisco Ferrer y Guardia.* São Paulo: Imaginário, 2003.)

Os ecos da renovação pedagógica implementada pelos anarquistas na Europa logo se fizeram ouvir no Brasil. A partir das resoluções dos congressos da Associação Internacional dos Trabalhadores (AIT), que convocava as organizações operárias a implementarem programas de educação integral — conjugando ensino manual e intelectual —, surgem diversas inciativas autônomas de educação. No Brasil, nas atas do I Congresso Operário Brasileiro, realizado em 1906, já é possível constatar a crítica ao modelo educacional em voga no país e a proposta de alternativas por parte da classe trabalhadora. Na segunda edição do congresso, realizado em 1913, os participantes aconselhavam os sindicatos e as entidades operárias a tomarem como "princípio o método racional e científico", promovendo "a criação e vulgarização de escolas racionalistas, ateneus, revistas, jornais", através de "conferências e preleções, organizando certames e excursões de propaganda instrutiva, editando livros, folhetos etc.". Ou seja, que se adotassem as propostas pedagógicas de Francisco Ferrer e de Paul Robin, adaptadas ao contexto local. Uma educação para a classe trabalhadora e pela classe trabalhadora, buscando sua emancipação intelectual.

O contexto social e econômico não era favorável aos trabalhadores e às trabalhadoras durante a Primeira República. Longas jornadas, exploração da mão de obra de crianças, violência nas fábricas, condições insalubres e baixos salários eram a realidade da maioria nos centros urbanos que se formavam no Brasil. Tal realidade varria essas pessoas para a miséria. Porém, ao mesmo tempo, as empurrava para a luta, através de organizações de resistência e greves frequentes. A escola estatal não era destinada à grande massa e atendia apenas os filhos das elites. A classe trabalhadora, cansada de esperar que os poderosos atendessem suas reivindicações por educação, decidiu fundar suas próprias escolas, ateneus operários, bibliotecas populares e centros de cultura e estudos, onde punha em prática o projeto anarquista de

educação, sem hierarquias, sem burocracia, combatendo o obscurantismo religioso e o patriotismo por meio de aulas, palestras, teatro e imprensa. Uma verdadeira pedagogia da ação direta, anticapitalista e antiautoritária em sua essência.

Com a repercussão do assassinato de Ferrer em outubro de 1909, vítima do Estado e da Igreja na Espanha, o ensino racionalista ganhou força e escolas modernas foram fundadas em diversos países. Aqui, houve experiências em São Paulo, Porto Alegre, Fortaleza, Sorocaba e em várias outras cidades. Sua duração foi efêmera, pois sofreram intensa repressão estatal e reprovação das elites e do clero.

Assim como ocorreu com Emmanuel, o pensamento de Ferrer ecoou em muitas mentes no Brasil e ganhou vida nas ações de educadores e militantes anarquistas, como João Penteado, Adelino de Pinho, Maria Lacerda de Moura, Zenon de Almeida, Djalma Fettermann, entre outros. Os dois primeiros foram grandes divulgadores e realizadores das ideias de Francisco Ferrer. Nas escolas por eles dirigidas — nas quais se implementou, inclusive, a coeducação de sexos, ou seja, meninos e meninas estudando juntos os mesmos conteúdos —, ocorriam excursões e idas a campo para que os estudantes tivessem contato com a realidade cotidiana e com a natureza. Penteado fundou um jornal chamado *O Início — Orgão dos Alunos da Escola Moderna N. 1*, redigido pelas crianças e que tinha como objetivo apresentar informações sobre as atividades sociais, debater a conjuntura nacional e internacional, registrar e rememorar as datas e os fatos relevantes do movimento operário e, mais importante, divulgar trabalhos e produções realizados pelos próprios estudantes da escola, transformando-os, assim, em agentes ativos do processo pedagógico.

O pensamento anarquista no campo da educação segue muito atual, tendo em vista que muitas de suas práticas e concepções ainda soam revolucionárias quando olhamos para as escolas públicas e privadas nas últimas décadas.

O antimilitarismo em oposição à militarização das escolas, o anticlericalismo e a defesa da ciência contra as investidas da religião e a propagação do criacionismo em sala de aula, a crítica à escola autoritária e à pedagogia burocrática capitalista que permeia os currículos, que se reveste com novas roupagens e se vale de uma nova linguagem para reproduzir velhos costumes e valores. Mas, para além das críticas, a educação libertária busca criar meios para libertar a humanidade de todas as formas de opressão, combatendo o machismo e o sexismo e afirmando a emancipação feminina pela educação, fundando escolas e práticas não formais de ensino, fortalecendo os sindicatos e movimentos sociais, principalmente aqueles formados por minorias sociais exploradas economicamente.

Essas ideias foram sistematizadas com objetividade e beleza por José Antonio Emmanuel em 1931, na obra *A anarquia explicada às crianças*. No Brasil, na mesma época os anarquistas fundaram o Centro de Cultura Social (CCS) em São Paulo, coletivo que existe e resiste até hoje, oferecendo, há quase noventa anos, uma educação libertária e emancipadora. Atualmente, coletivos como a Biblioteca Terra Livre vêm publicando livros ilustrados, de orientação anarquista, para crianças, dando continuidade ao projeto educativo libertário. Como antídoto às frequentes escaladas do autoritarismo em sociedades como a brasileira e para combater a massificação e a doutrinação das crianças desde a tenra infância, nada mais atual e necessário do que ler o que anarquistas escreveram e realizaram no campo educacional.

RODRIGO ROSA DA SILVA

**Educador, doutor em educação,
professor no CCHE/Unespar – Apucarana
e membro da Biblioteca Terra Livre**

José Antonio Emmanuel e a Tipografia Cosmos

José Antonio Emmanuel é uma das alcunhas do pedagogo José Ruiz Rodríguez, malaguenho (primo-irmão de Pablo Ruiz Picasso), filantropo, anarquista e incentivador, entre outros projetos, das escolas para crianças desamparadas.

Em 1923, possivelmente por causa da ditadura de Primo de Rivera, desaparece Max Bembo — pseudônimo com o qual assinou o ensaio *A vida ruim em Barcelona: anormalidade, miséria e vício* —, mas surge, depois da Segunda República, José Antonio Emmanuel, que colaborou com o Comitê Internacional de Escolas a fim de fomentar as escolas racionalistas. A partir da Biblioteca Anarquista Internacional (BAI), editou a coleção Biblioteca Internacional, que conta com onze títulos publicados em dois anos: pequenas obras de propaganda ideológica, com cerca de dezesseis páginas, vendidos por apenas vinte centavos de peseta, que explicavam conceitos como a organização do proletariado, a ação sindical ou a anarquia. Entre estes últimos se destacam *A anarquia explicada às crianças* e *A anarquia explicada às mulheres*, outro livreto de características semelhantes.

Essas publicações também foram impressas na Tipografia Cosmos, um dos principais centros de produção gráfica e ideológica vinculados ao anarcossindicalismo catalão.

Das oficinas da Cosmos emergiram jornais, panfletos e livros relacionados com o movimento operário e com a esquerda. A gráfica foi criada durante a ditadura de Primo de Rivera e dirigida por Martí Barrera i Maresma, um dos trinta encarcerados, em 1920, no castelo da Mola de Mahón, em Menorca — ao lado de Lluís Companys e Salvador Seguí —, por realizar trabalhos sindicais. Martí era pai de Heribert

Barrera, que seria o primeiro presidente do Parlamento da Catalunha depois do final da ditadura franquista. Durante a Guerra Civil Espanhola, o rastro de José Antonio Emmanuel desaparece — acredita-se que tenha se escondido ou talvez deixado o país. Ativista e livre-pensador, sua práxis social e política, que nunca perde de vista a infância mais necessitada, o tornaram uma figura destacada na história da educação espanhola.

Publicado em 1931, *A anarquia explicada às crianças* foi recuperado na última década por diversas editoras da América Latina. A presente edição, fiel ao texto original de José Antonio Emmanuel e à edição argentina de 2017, não tem outra pretensão senão a de se unir a outras formas do pensamento. Para além de seu valor pedagógico ou bibliográfico, o livreto da BAI é um convite ao raciocínio livre, uma ponte para se aproximar do pensamento libertário.

Nota à edição argentina de 2017:

A nova edição de *A anarquia explicada às crianças*, publicada originalmente em 1931, é resultado de um esforço coletivo de pessoas, talentos e técnicas. A Fábrica de Estampas realizou as gravuras que ilustram cada um dos princípios anarquistas. A Imprenta Rescate foi responsável pelo desenho interior e pela estampa da capa em tipografia. E a Dodó Risopress imprimiu o miolo usando a técnica risográfica.

Buenos Aires, sob o sol em Peixes, no ano de 2017.

• • •

www.livrosdaraposavermelha.com.br

Tradução: Livia Deorsola
Nota à edição brasileira: Rodrigo Rosa da Silva

Diretor editorial: Fernando Diego García
Diretor de arte: Sebastián García Schnetzer
Acompanhamento editorial: Beatriz Antunes
Preparação: Richard Sanches
Revisões: Beatriz de Freitas Moreira e Cristina Yamazaki
Produção gráfica: Geraldo Alves

ISBN: 978-65-86563-17-7

Dados Internacionais de Catalogação na Publicação (CIP)
(Câmara Brasileira do Livro, SP, Brasil)

Emmanuel, José Antonio
A anarquia explicada às crianças / José Antonio Emmanuel ;
ilustrações de Fábrica de Estampas ; tradução de Livia Deorsola.
Ubatuba, SP : Livros da Raposa Vermelha, 2022.

Título original: La anarquía explicada a los niños
ISBN 978-65-86563-17-7

1. Anarquismo - Literatura infantojuvenil
I. Fábrica de Estampas. II. Título.

22-106919 CDD-028.5

Índices para catálogo sistemático:
1. Anarquismo : Literatura infantil 028.5
2. Anarquismo : Literatura infantojuvenil 028.5
Cibele Maria Dias - Bibliotecária - CRB-8/9427

Primeira edição: abril 2022